野紺菊

藤井順子歌集

現代短歌社

目次

第一部

第二部

第三部

野紺菊

第一部

オリオン星座

一九九一〜一九九四年

ひとり娘家出でゆきし夜半にしてオリオン星座見上げて立てり

膝の上に坐る息子もいつの日か離れてゆかむ遠くの街へ

隣より木魚の音の聞こえ来る何を願うか朝のしじまに

新しき自転車を漕ぎわれは来つ海を見たくて夕日見たくて

隣より今日も赤子の泣く聞こゆ初夏の日差しの届く窓辺に

身の枷のなくなりし日々いかにせむ今朝もしばらく鏡に向かう

母ひとり住む裏庭に今年また名もなき小草咲きて明るし

玄関に並びたる靴出払いて家猫と聞く皇帝の曲

秋の陽のぬくみ背中に浴びながら子等の汚れし靴洗いおり

藁を積む車が信号曲り行く藁の匂をまといながらに

三日月の残れる空を仰ぎつつ弘法様に仏飯運ぶ

三人の子供出払い窓際の三羽のインコ鳴く声高し

輪郭の同じ親子が顔並べテレビを見おり蒲団の中に

病室の窓

濯ぎ物取り込みながらわが仰ぐ朱く染まりてゆく流れ雲

藪椿咲きたる向こう街並みのありて甍の輝くが見ゆ

「桜餅出来ております」店先の紙が吹かるるいつもの菓子屋

坂道のお地蔵様に両の手を合わする吾に鴉が鳴けり

明けやらぬ空に三日月残りいてしばし凍てつく街を照らせり

三人の子等に囲まれ翳りなく夫笑えり写真の中に

ふる里の葡萄園にて実りたる葡萄が届く紙の箱にて

窓ひとつ開くれば夏の白雲が向かいの山の上に浮きおり

何事もあらぬ一日《ひとひ》の過ぎゆきて庭の草木《くさき》に水やりをする

海際の窓より風の入り来て昼寝する子の頬を撫で行く

日赤病院入院

病室の窓より見ゆるアンテナに今朝も雀が来たりて鳴けり

久々に帰り来たれば鈴虫が瓶の中にて鳴きているなり

トタン屋根

一九九五〜一九九七年

満月を仰ぎて部屋に入り来れば満月はあり掛軸の中

歩み行く道のかたえに海見えて小波《さざなみ》白く寄せては消ゆる

硝子戸を開くれば向かいの瓦にも雨が音なく降りていにけり

トタン屋根弾く雨音やわらかし友にふみ書くそを聞きながら

ふる里の家の解かれし庭前に藤が蕾をつけていにけり

二階の窓開けば冬のやわらかき日差しが雲を抱きていたり

お下がりの服

母の処より益田高校に通う

久々に帰り来し娘《こ》が炬燵にて寝息安らに立てて眠れり

秋晴れの舗道の上に落ちている影としばらく連れ立ち歩む

仕事終え帰り来し夫深ぶかと溜息をつき卓に坐れり

末の子は兄のお下がりの服を着て中学生の顔となりたり

雨降りて鏡の中にいつよりか若さ遠のく顔が映れり

チューリップ二本寄り添い草群に咲きて明るし日差しを浴びて

台風の過ぎし青空見上ぐれば木立の上にかかる白雲

娘の文字

一九九八年

帯広畜産大学に入学

北の街に咲きたる花の写真添え娘の文字の便りが届く

秋空に姿異なる雲ありて風に吹かれて流れてゆけり

口笛を鳴らし玄関入り来る夫は一日の仕事を終えて

パーマ屋に忘れし眼鏡何事もあらぬ顔して茶箪笥の上

道の辺のベンチに坐りあてどなく時を刻めば春の風吹く

桜花散りて来たりて重なりて庭の面を染めていにけり

白き蝶

一九九九年

秋風に乗りて来たれる白き蝶やがて電線越えて行きたり

正直屋という名前の小さき店先に坐りて今日も一日暮れたり

湯舟より見ゆる宵空異なれる強さに光る星をちりばむ

病棟の息子に会いに階段を昇りゆくわが足音高し

秋の雨降りて木立の間より生まるる霧は風に流るる

波音

夕光に尾花の穂先輝けり風吹き渡る川のほとりに

二〇〇〇年

一斉に冬の渚に寄せて来る波はたちまち砂に消えゆく

あらがいの娘の言葉繰り返す海に向かいて波音《なみおと》聞きて

入院の娘に会いに夫と行く平成十二年五月五日に

捥ぎたての豌豆が莢に並びおり同じ形の五つの小粒

隣り家の爺ちゃん今日も健やかに小腰かがめて水撒きをする

連休の昼餉に麦酒《ビール》少し飲む鳥の鳴く声近くに聴きて

電線に燕と雀止まりいて羽根を繕うそれぞれの羽根

紫陽花に色はさまざまありまして及ばぬ恋に泣いております

蜘蛛の巣の横糸ややに緩みいてかすかに吹ける風に揺れおり

両踵の縁《へり》の禿《ち》びたる夫の靴今朝丹念にわが磨きおり

逆さまになりて網戸に止まる蠅二枚の羽根に夕日が差せり

郵便受

二〇〇一年

山口市に於て

アパートのドアの郵便受の穴そこより覗く娘の小部屋

咲き群るるコスモス畑に蝶の来て白に止まりて紅に移れり

玄関に宅急便の配達の車止りて隣り家に行く

斜《はす》かいに畳の上に日は差して明暗しばし見せて消えゆく

仏壇の写真に並ぶ祖父と祖母軍服姿の祖父の若しも

噴水の吹き上ぐる水散り乱れ池の面に落つる音する

うら若き僧侶が袈裟をまといいて携帯電話押しつつ歩む

義母「くにさき園」に入る

ホームより帰り来たれる母の手を引き行くパーマ屋までの道のり

野辺に咲くあざみつゆ草姫じおん摘みて戻り来片手に持ちて

線香の倒れしままの形もちて温みもたざる灰となりたり

柿の実を突つきいたりし雀らがやがて鴉に後を譲りぬ

北国の夜

二〇〇二年

ひまわりは日ごとに伸びていつしかも吾の背丈を越えて開きつ

久々に帰り来し子が古びたるサッカーシューズ提げて出で行く

古畳の上のレースのカーテンの蝶の模様に蝶来て止まる

隣り家の理容店の婆ちゃんが爺ちゃんの鬚剃りているなり

乾きつつちりめんじゃこになる魚の眼に藍の色残しいつ

向かい家の窓の灯りに人影の何かしきりに動けるが見ゆ

更年期に入りたる吾が香水を振りて歩めば犬が尾を振る

空缶を蹴りてひとりで遊ぶ児の影ほそ長く土の面に引く

鉄瓶の小さき注《っ》ぎ口より出ずる湯気は昇りて滅びてゆけり

肩パッド入るローンの済まぬ服着て久々のクラス会に来《く》

帯広市へ行く

北国の夜の巷を歩み来て坐る屋台の木の椅子固し

夕暮るる空を仰ぎて古《いにしえ》の恋歌ひとつ口ずさみいる

母親を三人持ちて母の日に花束三束送り届くる

長男、東京へ

四畳半の息子のアパート親子して枕三つを並べて眠る

シューマン

二〇〇三年

手に軽き財布の中より小包を作りて送る老いたる母に

外側のいたく禿《ち》びたる靴履きて夫は仕事に出でて行きたり

良き妻も賢《さか》しき母も取り下げて両手振り振り街を歩めり

久々に諍いしのちシューマンを娘《むすめ》弾きおり詰まりながらに

背の丈を節《ふし》の袴をもて伸ばし土筆が頭を並べて立てり

亡き祖母の縫いし丹前子等が着る身丈袖丈短きままに

シャボン玉

二〇〇四年

おさな子の吹きて生るるシャボン玉風に乗らずに土の面に消ゆ

朝々を豆腐屋さんが自転車で温き豆腐を届けてくるる

花柄の老眼鏡を鼻に乗せ花の便りのチラシを覗く

音階と和音交互に聞こえ来て古きピアノの調律進む

児童クラブ

江崎児童クラブ勤務

土曜日の児童クラブの静かにて直君《なお》ひとりカードで遊ぶ

雨の降る小公園に咲き出でしあやめぐさありむらさき淡く

散り散りてさくら花びらその中に蝶々ひとつしばらく飛べり

隣り家の婆ちゃん入《はい》るホームにて共にタオルを畳みてやりぬ

地の人に年金波止場と呼ばれいる岸壁に鰺を釣る人並ぶ

合併の説明会に出で行きし公務の夫入歯忘るる

道の辺のお地蔵さまも雨降らぬ日々の続きて前垂れ褪せぬ

垂れ下がるレースカーテンその向こう猫が寝そべる座椅子の上に

間引き菜

宮原文子さんの作る林檎

信州より紙の箱にてくれないの林檎が届く母の名ありて

朝露の残れる蕪の間引き菜を漬け終えて指の先は冷えたり

ホームに住む母の電話は半袖のブラウスなくししことを告げ来つ

今もなお坂田屋さんと屋号にて呼ばれて庭の雑草を引く

たんぽぽの綿毛それぞれ風に乗り垣根を高く越えてゆきたり

敷き延べし蒲団の上に野良猫と家のチビとが寝息をたつる

第二部

ふる里の庭

二〇〇五年

益田市へ移転

五十年経て戻り来しふる里の庭に花咲く雀が遊ぶ

帯広市の浦山美津子さんより頂く

新築の祝に友の呉れたりしつがいの梟《ふくろう》玄関に置く

原っぱの中に坐りて白猫は夕焼空を見ているらしい

引越しの後に古家訪ぬればなじみの猫が近寄りて鳴く

雀らよ庭の撒き餌に降りて来よしばし電線よりくだり来て

鳥籠のインコ鳴く声七変化番《つがい》の仲は良きや悪《あ》しきや

雪の降る中を郵便バイク行く荷台に薄く雪積もらせて

湿りたる土に被せし藁の間ゆ里芋の芽の小さきが覗く

蛸の身

血痕をつけて来し猫耳窄《すぼ》めやがて眠りに入りたるらしも

どうしようもなく口中にまつわれる蛸の身舌に回しておれり

煮染めたる人参食べている時に突然どこかで鴉が鳴けり

夕顔のしろたえひそかに浮かびいて今宵誰かの訪れ待つや

一度だけ恋したような気がします一度もしないようでもあって

癌を病む人の見舞に出でて来てアイスクリーム食べて帰れり

無縁仏

小倉市にて

ひとり居の義母死に給い卓袱台に湯呑茶碗と二種の錠剤

警察に行きて義母との関係をこまかに話す涙流さず

義母死にて初めて出会う叔父叔母も旧知の如し通夜の部屋にて

火葬場に飾れる義母の若き日の写真を葬儀社女性社員誉む

義母の骨抱きて義母のメモ帳に書いてくれたる阿弥陀寺捜す

義母の骨を黒きコートの中に入れ小倉の街を歩みゆくなり

無縁仏となりし義理の母親の戒名電話口にて聞けり

丁寧に畳まれているレジ袋義母の遺品のひとつとなれり

八朔祭

二〇〇六年

草叢の中ゆかすかに鈴鳴りて今日も隣の三毛猫の来る

庭の木々廻りに青の花すみれ植えしが情静《こころ》もりてこず

笛の音の中に太鼓の音ありて八朔祭の行列の行く

葉面《はおもて》を齧る青虫蝶々となりて畑の上飛び始む

金銭を廻りて夫と諍いて納屋にくぐもり青空仰ぐ

告別式までに少しの間のありて前を流るる高津川見つ

夢カード

卯月四月地上にそそぐ日の中に時折立てる陽炎《かげろう》の見ゆ

水底に沈む言葉のようやくに浮かび上りて光と出会う

大根の種を買い来て手の平に握りしむれば手に温かし

この朝も仕事に出ずる吾《あ》が後に付きて夫の送りてくるる

「夢カードお持ちでしょうか」レジ嬢が夢を持たざる吾に問い来る

家出でて自転車漕ぎて益田川蜜柑がひとつ流れていたり

隣り家の老いし夫婦に南瓜捥ぎ裏の木戸よりひと声掛ける

裏山に続く傾りのひとところ群れて咲きいる水仙の白

水の流れ

高校の国語教科書に載りている石田比呂志の歌と出会えり

言葉尻とらえ夫と喧嘩する御中《おなか》の虫の居所悪し

わが家では夫も子供も皆真面目私ひとりが楽天主義者

両の手に夫は猫を抱きしめて若き父親の如き顔せり

家出でて来たりて土手に腰下ろし水の流れの行く方を見る

ああこれが幸せなのでしょうか珈琲を啜りて川の流れ見ている

しょうがないほっときましょう諦めの癖の身に付く五十後半

停年の夫は財布握りしめ食料品のメモ取り始む

幸せのカード失くして乱雑なバッグの中を掻きまわしいる

停年の夫との距離微妙にて素知らぬ顔にまた距離をおく

新米のサラリーマン

菜の花の咲きたる向こう晴れ渡る空の下びを電車の行けり

新米のサラリーマンの末の子が電話掛け来る初給料日

義理の父三十三回忌法要にその放蕩を坊様の誉む

野放図に育てしが罪かすみ草夕べの雨に倒れてしもうて

なぜ生んだ吾《あ》を責めたつる長《おさ》の娘《こ》が今朝は仏壇に両の手合わす

春の雪

長茄子の花俯向きてこの朝《あした》ひとつ開けりその色淡く

春の雪降りて積もりて昼過ぎて日差し明るみ消えてゆきたり

昇り来る朝日が居間に差し込みて今朝なんとなく両の手合わす

十年は短し信号青色に変る束の間待つこと長し

歯の欠けて眼《まなこ》いつしかぼんやりと老いが私の傍らに立つ

心映えいまだ十八夾竹桃恋情ひとつ燃やしてみたし

カラフルなサンダル暗き玄関に向きを揃えて並び居るなり

暑いとも寒いともいう暇《いとま》なく今年の夏も行きてしまえり

同じ町に住む人なれど顔知らぬ歌を詠む人この空の下

仲悪き娘なれども夏物の白のバッグを貰いて使う

渋団扇

二〇〇七年

夾竹桃はや咲き初むる庭の面《おも》無垢なる白と無垢なる紅と

ストレスをぶっつけて来る悪い癖右や左にそをかわしつつ

朝刊を配り来る人野良猫にしばし話をして帰りゆく

缶コーヒー二本をさげて元職場事務所に夫入りてゆけり

新聞の人生相談覗きおりなる程ねえと身に沁《し》みながら

古関さんから葉書来ました書きました元気出ました歌詠みました

父、死ぬ前に「家を明るく」と書く
渋団扇片手に貧乏神様は明るい家庭は苦手と言えり

お隣の玉葱よりもわが畑の玉葱発育少々悪し

ほのほのと菜の花あかり夕つ日におさな子遊ぶ黄なる海《わた》なか

冬薔薇

鈍色の空より降りて来る雪は地上の色をなべて奪えり

恋愛の究極は心中片想い女優の言えりテレビジョンの中

亡くなりし義母の着物の片袖の中より貯金通帳出で来

潮風に根元吹かるる莢豆は竹の添木を摑みて立てり

冬薔薇に降り来る雪は暫しして小さき露となりて光れり

おみくじを引けば末吉金運の無くして辛抱せよと言うのか

職退きし夫は時折猫抱きて近くの池上獣医院へ行く

切戸川歌会に夫付いて来てパチンコ店に坐りて待てり

品出し作業

巫女の振る神楽の鈴と祝詞言《のりとごと》人麻呂住める森より聞こゆ

燕《つばくらめ》　快晴快速快調に糞ひとつ屁《ひ》り落して行けり

手の平に落ち来る水を溜めて飲む品出し作業片付く頃に

日雇いの僅かな金を握りしめ漕ぐ漕げ自転車春風受けて

前掛けをキュッと結びてスーパーの食品売場に調味料並ぶ

ときどきは客に愛想笑いして稼ぐよ時給七百五十円

また今日も上司に叱られ泣きましたバックルームの荷物の影に

後ろから女上司の近づきて嫌みひとこと言いてゆきたり

秋しぐれ

鶯の声透き徹り芋蔓を植える手をおき空を仰げり

アパートの窓突然に開かれて人間の首ひとつあらわる

六月を綺麗な風が通りすぎ矢車草の藍色揺らす

新しき上着羽織りて紅さして町を走れりペダルを漕ぎて

煮込みたるうどんに刻み葱を添えさあさあ早よう来て食べなされ

ぷっつりと音沙汰なしの息子から母の日ひとこと電話の掛かる

緑なす草生の上をゆく猫は短き尻尾垂れつつ歩む

向日葵の葉面《づら》光に透されて葉《よう》脈走る少し破れて

くれないの薔薇の芽吹きの柔らかく降りすぎゆきし雨が光れり

秋しぐれぱらりぱらつく裏通り蛇の目傘差す女がひとり

夜の雨に打たれて落ちて寒椿水の面のくれないの色

崖っ縁

二〇〇八年

すべてから解き放たれて河口の雲を見ており芒見ており

川石に当る流れは音たててそこより行方分かれてゆけり

鳥籠のインコの零《こぼ》したる餌にもったいないと雀が寄り来

崖っ縁に後ろの足を引っ掛けて蟻は次なる行方を決むる

白妙の羽《はね》をひろげて飛び行けり鳥の一羽の行く方《かた》知らず

パチンコに行かず碁に行く夫よしティッシュペーパーの景品提げ来

白き布

十二月四日

仕事終え帰り来たれば長男が驚くなかれと娘の死を告ぐる

線香を点して白き布掛けて両の手合わす冷えし体に

動かざる娘不思議よ線香を点せど涙落つることなし

娘の逝きて来たれる刑事長男の前に坐りて調査の長し

線香の煙の昇る向こう側娘《むすめ》の遺影素直に笑う

じゃじゃ馬の娘死にしが訪ね来る友人揃いて気立てのよろし

死にし娘《こ》の名前を階下《した》にて叫《おら》べども答の返って来る筈のなし

死ぬ前に母さんの歌暖かく好きよと娘書いて残せり

楪《ゆずりは》に今朝どこからか鶯の来たりてひと声鳴きてゆきたり

サティの曲

みどり児を初《うい》に抱きし日も遠く娘還らず燕の飛べり

梨は梨葡萄は葡萄の匂いして自死せし娘の遺影に供う

納骨に石をずらせば出会うことなかりし義父が娘《こ》の骨を待つ

今日からはここに住むのかわが娘海を見下ろす墓処に立ちて

遺影の娘《こ》の笑顔に向きて今朝もまた小声に叱言《こごと》いいつつ立てり

鍵盤の上に十指のしなやかに在りし日の娘《こ》のサティの曲よ

ひたすらに駆けて北国までも翔けゆきて娘《むすめ》は還らざりけり

月よりの使者現われて娘をば連れ去り行けり一夜のうちに

逝きたりし娘《むすめ》の部屋に雛人形飾ればそこより春となりゆく

新盆

鉢植のシャコバサボテン先端に罪のごとくに蕾ふくらむ

月々の命日来れば花を替え水替えてやる出来悪しき娘《こ》に

お彼岸が来たれば仏なりし娘《こ》に小言いいつつおはぎ作れり

朝々を緑茶を入れて娘《こ》に供う死にてもやはりひと手間かくる

二十代終りに死にし娘《むすめ》にてその新盆に雀が鳴けり

雀等は荒れし畑ゆ飛び立ちて羽音涼しく木立に移る

愚痴言わずごてず若きに疎まれて今日も働く職引くまでは

ぬばたまの黒髪一筋残りおり今は亡き娘《こ》の机の中に

職退きて三年経ちてようやくに夫の居間の位置定まれり

群鳥の群れの形を変えながら茜の方《かた》へ飛び立ち行けり

コスモスを摘みて束ねてこの朝の回覧板に添えて届けり

今日届く冊子「牙」に名のありて萩原克則健詠なりき

極楽と地獄歩みし六十年わが娘《むすめ》死す老い知らずして

ピエロの人形

二〇〇九年

石田比呂志のゲスト出演ＮＨＫ歌壇のビデオ今朝も見ており

時おりはおひとり様にあこがれて停年の夫と三度の食事

浄玻璃の鏡の前にひとり立つひとつの言葉飲み込みながら

逝きし娘《こ》の残せしピエロの人形が今朝も厠の隅に坐れり

優劣をつけられそうでクラス会劣等生吾は欠席とする

にちにちの夫の楽しみ庭前に降り来る雀今日は見に行く

これの世の縁《えにし》少なき夫にて碁盤に碁石並べていたり

中島瑛子叔母さんへ

王偏の瑛子姥さん品良くて供花《くげ》を抱えて小道を登る

よい歌をどうかお励み下さいと山本ミツヱ二行の便り

花柄のブラウス一枚加えられにわかに艶めく春の箪笥は

ラフマニノフ

逝きし娘《こ》のピアノ調律日の決まりその亡きことを告ぐるは寂し

逝きし娘《こ》のために買い来しカトレアを笑まう写真の前には置かず

逝きし娘《こ》は短き命この世にてラフマニノフを弾きてくれにき

亡き娘の育てし猫も仏なり庭の墓前に花を供うる

縁《えにし》なき母の形見の鞄提げ夫再び入院をする

いつも来る番《つがい》の鳩とシングルの鳩とが今日は庭面に降りつ

娘《こ》の墓に参れどそこに娘《こ》は居らず風に身を置き空渡るとぞ

停年の夫小恙《しょうよう》この春は仔猫そろそろ捜してみようか

食品スタッフ

親子して食品スタッフに誇られ戻りて値引きの鮨を分け合う

どじを踏む吾を息子が思案顔して付いて来る職場の売場

店長が笑顔よろしと誉めくれて上げた後には少し下げらる

売り出しの南瓜のサイズ切り違え電話口にて主任に告ぐる

二度三度主任の指示を聞き返し老いたる吾はまた叱らるる

鮮魚部の売上げ軽く追い越して歳末戦の青果部強し

売り出しの野菜加工をやり遂げて冬のオリオン仰ぎて帰る

スーパーの夜業を終えて入口の回転名札ゆっくり戻す

品出しと野菜加工の作業終え老いの手に塗るクリーム匂う

野良の三毛猫

逝きし娘《こ》の水無月今月誕生日太き蠟燭三本立つる

外れ籤はた当り籤この宵を帰らぬ夫待ちているなり

涙かと見紛う雨の打ち降りて娘《むすめ》の逝きてふた歳過ぎつ

いつも来る野良の三毛猫待つ夫鰺一匹を残して待てり

入院の夫の傍ら夕食に割引きセールの寿司を分けあう

義父名儀の農協株券時を経て大判七枚受け取りて来る

一羽来てまた一羽来て一羽来てゆずり葉の木に雀の憩う

囲碁好きの夫は今日は先生と呼ばれて公民館に出掛ける

阿木津英の猫の名の名パトリ堂々と眼《まなこ》翠に写真に坐る

野良猫の母の呼ぶ声聞きわけて仔猫四匹走りて来たる

逝きし娘《こ》の法事の読経いつも来る野良猫黒が聞きてくれたり

ちらし寿し　　二〇一〇年

どこにどう飛んで行ったの蒲公英の綿毛の跡のまあるく残る

逝きし娘の嘗て住みたる帯広のチョコ菓子今日は買いて戻り来

点滴を引き摺り母は再びの大腸癌の手術に向かう

大腸の癌の手術の母を待つ叔母と義妹と椅子を分ちて

東京にサラリーマンをする息子同棲生活始むと告げ来

久々に帰省せし子が恋人を連れて来たりて戸口に立てり

焼物の雛人形に敷く緋色如月弥生春の訪れ

枕辺に夫は縁《えにし》の薄き母使い残せしラジオを置けり

草の芽ははつかはつかに根を張りて地上一寸きさらぎ萌《きざ》す

ちらし寿し海鮮よろし甘えびも加えきさらぎ二月の夕餉

葱刺して鶏肉刺して葱刺して今宵一献酒旨からむ

春の雨

ＪＵＮＫなる文字の終りに◯印添えて書きたり私は順子

楽しみは夜中の居間に一人して缶のビールの蓋開ける時

進学の費用あるかと問いし娘《こ》は遠く帯広に行きて帰らず

水瓶に住みてひと歳この冬を越えし目高の動きの早し

末息子に電話を掛けて元気かと問えば元気と答えて終る

ひとひらの葉のなき姿見せて立つ木立に卯月春の雨降る

竹の子を掘りて蕗摘み山道を鍬をかたげて歩み戻り来

猫と娘《こ》と同じ師走に世を去りて夫は猫のことばかり言う

ほらごらんいつしか土を押し上げて先っちょ光る新芽の覗く

金屛風

身の丈の程の結婚祝い金《きん》裾子に渡す迷いながらに

子の結婚の案内状のありがとう五つの文字はさよならに似て

金屛風なけれど花婿花嫁の坐るうしろに海の青見ゆ

あらどなたドアより入る気配してアドバルーンのしばらく覗く

北斗七星

おさな子の頃より娘《むすめ》もの言わず永久に言わざる鈴蘭の咲く

歌詠めず石田比呂志の「添削の教室」今日は繰り返し読む

穴のあくジーンズ穿きたる子の長き脚にそこより春の日届く

傘を差す女《ひと》の面差し見えずしてあじさい露地にむらさき淡し

匂なきJAVA《ジャワ》珈琲を啜りつつ嘘の心のかく苦にがし

つのさわう石見の浦を飛ぶ鷗群れの一羽の沖へと向う

あじさいに止まるでで虫あじさいの球《たま》のあわいに夢を結べり

柔らかき毛にし包まれ青き実を付けし南瓜に黄の花灯る

藍色の矢車草の零れ種庭隅に咲く丈高くして

おかしいなあ確かにここに置いたはず銀の色せる結婚指輪

北斗七星冴えざえと見ゆ夭《わか》くして死にし娘と指しし日のあり

十月二十四日　美乃里誕生

面差しは誰に似ていん初《うい》の孫何に笑まうか眠りの中に

二〇一一年

緋の衣

紫蘇の穂の熟るる十月紫蘇の穂を摘みて匂の残る指先

ホームより戻りし隣の留さんが畑の草を抜きているなり

捨てられし木の椅子用もなきままに初冬の雨に濡れていにけり

生かす死ぬ殺すと文句繰り返し夫と息子盤に石置く

亡き子来て 階《きざはし》 降《くだ》るまぼろしか今日きさらぎの雪降る朝《あした》

棄てにゆく仔猫がふいに声に鳴く布に包みて闇をゆくとき

美乃里、人麻呂神社宮参り

緋の衣掛けて百日《ももか》の宮参り雪の降る中幟立つなか

初の孫胎盤蹴りていし足に吾の老いたる体を蹴るも

直屋《ひたや》籠り

七草の粥のななつのひとつにと今日は大根一本を抜く

切戸川歌会へ

先生と呼ぶ人持ちて三時間列車乗り継ぎ一日《ひと》日を掛けて

萱の葉の葉ごとに雪の降り落ちて降りては積もり積もりては降る

師石田比呂志氏逝去

にびいろの日差しの乏し二月尽直屋《ひたや》籠りす師を逝かしめて

仙崎の蒲鉾ヱビスビール添え石田比呂志の遺影に供う

草刈りを終えし川土手はや茅の直《すぐ》に立ちをり青青として

ほっといて亡き娘《こ》言えども生みしゆえ母ゆえ子ゆえ妄執寂し

十勝産川西農協長芋を啜りて忙《せわ》し年越しの夜半

野分立ちて丈伸びゆきし荒草のそよぎの中を猫の歩めり

枯草を踏みて野良猫歩みゆく止まりもせずに振り返らずに

第三部

小瓢箪

二〇一二年

二十代にて死したる娘《むすめ》三年の喪も過ぎ品々片付けはじむ

田万川町　西堂寺祭にて

在りし日の娘踊れるフラメンコ夫と見ており夏の祭りに

地に萌えて花掲げいる鶏頭の辺を過《よぎ》るときかなしみきざす

幾たびも幾たびも問い来たること思いつつ掌《て》に転《まろ》ばす瓢簞

赤き糸につるす瓢簞小瓢簞胸もとに下ぐしのぶよすがに

モッツァレラチーズ

ほがらかに娘《むすめ》のわれを呼ばうこえ聞こゆるごとし今日四回忌

蟷螂《かまきり》を石蕗の葉に放しやる自死せし娘の墓より戻りて

沢蟹は爪振り上げてもがきやまず南無阿弥陀仏鍋蓋抑う

定年の夫と仲良くしなさいな番《つがい》の鳩がクウと鳴きたり

お昼どき柿と大根ぶら下げて嫁の父さん訪れ来たる

お年玉の中身は阡円札二枚爺婆年金暮しにあれば

祝い事何もなけれど佳き事のありたる顔に赤飯を炊く

モッツァレラチーズをつまみビール飲む歳晩の夜の仕事為《し》終えて

使いすてマスク

留守つづく隣の庭の臘梅を背伸びして見る塀を隔てて

夜の川のほとりに続くしろたえの水仙の群れ足もと照らす

使いすてマスクは捨てずに洗わむか年金暮し七年を経て

ストアーの夜のバイトを吾は終え昇る 階《きざはし》 足音高し

くれないの椿いち輪初咲《うい》きを人を殺《あや》むるごとくに差せり

雛人形緋色毛氈哀しけれ早く逝きたる娘《むすめ》のありて

わが娘の遺影つくづく眺むれば器量は吾より少し悪ろしも

師石田比呂志氏　二月二十四日　一回忌

逝きてなお石田比呂志の残したる言の葉みどり繁り立ちたり

石田比呂志遺影は今日もほがらかに人差し指にて行く手を示す

鈴蘭

楪《ゆずりは》の繁る葉陰に吊したる巣箱に鳥の憩うことなし

筍を掘りては藪に擲い鋤忘れて戻る　嗚呼擲い鋤

飼い猫が今朝は夫にしたがいて艶めくさまに膝に坐れる

馴じみたる野良三毛猫と路地に逢うまたもや仔猫孕みたるらし

わが娘《むすめ》好みし鈴蘭庭に群れ自決を選ぶこころの哀し

むつまじく娘《むすめ》と歩み来る人に擦れ違うとき面《おもて》を逸らす

草の匂

出でて来て坐る川の辺草叢は草の匂す草刈りすみて

闇の中を飛び来たる蚊のまた去れり哀れなる声耳に残して

野菜畑隅に植えむとコスモスの零れ種をばシャベルに掬う

すとあーの照明ひがな浴びながら色とりどりの花は並べる

草刈りを終えて夫がひと処残せる韮《にら》の花のしろたえ

日向水

藍染の暖簾の裾をうごかして海の方《かた》より風の入り来

梅漬けを土用日照りに干し始むひと粒ひと粒籠に並べて

ましろなるダリアの花も色褪せて日ごとに疲れを溜めつつ立てり

ブリキ缶に水をば張りて日向水今宵の風呂の掛け湯のために

えのころの青き穂の茎折りとりて高くかざしておさな子歩む

茂吉の歌集　　　　二〇一三年

暑の続く朝の木槿《むくげ》の花のしろ今日のひと日を咲《ひら》いてくるる

釣りたての若鮎清し水苔を食うはらわたの苦味の旨し

お彼岸はお萩つくりて供えむと今日は餅米買いて来たれり

移り来てななたび迎うる秋にして畑のめぐり野紺菊咲く

美乃里と共に昼食をする

スプーンにてかなわぬ饂飩手につまみ口をすぼめておさな子の食う

小原沙登美さんより届く

海の香を身にまといつつ釣りたての真鯵届けてくるる人あり

雨降りて早も五時半すとあーの品に半額シール貼り継ぐ

資源ごみ収集場所よりひと括り茂吉の歌集を抱きて戻る

どんぐりの歌

舗装路の裂けたるところに菫咲く紫濃ゆく丈低くして

どこでどう生きて来たるや野良猫の三毛が訪るひと年を経て

薄紅の花掲げたる蘭の花母にひと鉢吾にひと鉢

美乃里、わが家に五十一日滞在

張りのなき吾の乳房もよろこびて穉子《おさなご》はそのくちびるを寄す

両の手を打ちて足上げ踊りいる二歳この子とほどけて遊ぶ

稗子の帰りてポケットの中にあるどんぐりの実のどんぐりの歌

ぬばたまの黒きひと瓶鶴御殿熊本焼酎一献供う

寒餅

寒に入り寒水浸し寒餅を今日はつくれり蓬《よもぎ》を入れて

桐田悦子さんより届く

白菜とキャベツ大根箱に入れ置いて呉れたり睦月尽日

職退きし夫は日毎に野良猫の住処幾つも見廻りに行く

御主人に小銭を借りし礼言いて焼き立て千両饅頭を買う

一本は大根膾《なます》に風呂吹きに皮の金平卓に並ぶる

琅玕忌を迎えて

歌会《うたかい》を終えて笑まえる顔ありし昨々日にこの世を立てり

梅の花咲く庭しろき二月尽石田比呂志を忘るるなかれ

木瓜の緋

うらうらに照る地《つち》の面《おも》染めはじむ若葉がなかの木瓜の緋の色

母より花束届く

クロネコの宅急便の止まる音弥生三月今日誕生日

乳飲み児を首より提げて末息子再就職の決まるを告げ来

おもむろに夫は生い立ち語りそむ今朝訪ね来し坊様の前

嗚呼買物袋忘れて戻り来るいつものすとあー窓際の棚

母の日にカーネーションの届きたりわたしに宛てし私の文字に

瓢簞の中より駒の出ずること待ちて形見の瓢簞を下ぐ

梅雨空

梅雨に入り湿りしずもるキッチンの隅に今年の梅漬匂う

夏野菜の葉群の青に目は吸われ窓辺の椅子に寄り来て坐る

あらがいの言葉呑み込み後部座席坐りなおして梅雨空仰ぐ

馴染みたる野良の三毛猫三匹の仔猫を連れて今朝は訪ね来

雨の音つよまりてゆく夕間暮れ高津五丁目にわか雨降る

稺《おさな》子の来る日を待ちて百均の店に黄色の如雨露を買えり

稺《おさな》子をわが家に置きて末息子休日なればサッカーしに行く

遠方《おちかた》に太鼓打つ音聞こえ来ぬ梅雨まだ明けぬ暗闇の中

しろたえの草深百合の花いまだ蕾なりしが仏に供う

アンパンマン

草刈りの済みたる荒地はつはつとさみどり色が萌えそめにけり

くれないの艶つやトマトミニトマト穉子《おさな》が洗い爺に食べさす

無花果《いちじく》の初生り漸《ようよ》う膨らみて色付きそめぬ七歳を経て

ささがにの蜘蛛の巣ややに緩みたり蜘蛛の棄てたる蜘蛛の巣はらう

中国産と明記してある糸コンニャク手にして戻すすとあーの棚

美乃里と遊ぶ

アンパンマンになりて風呂敷結びたるわれ跳びあがる稚子《おさな》の前

今日の餃子

二〇一四年

ひと雨の降るごとに秋ややうごき青冴えざえと夏草の群れ

朝あさに夫の運びゆく餌は空き家住まいのみよりなき猫

韮《にら》の葉を荒れ地の草より摘みて来て今日の餃子に刻み込みたり

朝な夕な照る日をあびて夏草の群れのたくましここの荒地に

爺と婆お猿の駕籠屋唄いつつ竹籠担ぐ穉《おさな》子のせて

仲の良き夫婦というにはあらねども西条柿を共に醂《さわ》せり

万年筆のインクを買いに自転車で坂を下りて犬蓼に会う

桃色のコスモスの花咲き初めぬ今朝は一束娘《むすめ》に供う

歳末セール

足首を持ち上げ馴れたる手捌きに末の息子はおむつを換える

浜北区三十三戸それぞれの屋根に十六夜《いざよい》月あかるく照らす

のど飴をふくみて出でつ歳末のセール始まる夜のバイトに

丈低き葉群がなかに包まれて水仙の蕾いまだ固しも

年金の支給の日にて税金をふたつ支払い終えて戻り来

お年玉の袋揃えて棚の上師走に入りて三日目のこと

前を行く背に奥サンとわが呼べば三人四人女振り向く

二月二十四日石田比呂志の忌にあれば清酒白梅買い来て供う

土の付く大根

根差す地の寒のゆるべば仏の座濃いむらさきの咲くひとところ

土の付く大根五本畑より歩いて来たか戸口に待てり

くずれおつる快を得んとしまたひとつ積み上ぐあやうき角度の積木

畑より取りてきたりし白菜を二つに裂きて桶に漬け込む

わずかなる還付を受けに行きにけり水仙群れ咲く道をまがりて

盤上は黒石白石鬩《せめ》ぎ合い猫が来たりて覗くと坐る

六花亭の菓子

桃色というべく今年ういの花盛りの牡丹裏庭に咲く

ブロック塀を越えて散りくる小米花畑の隅の白ひとところ

酢漿草《かたばみ》のまこと可憐な花のむれ庭にし咲けり低きがままに

消費税上る朔日前なれば米と味噌買うマーケットにて

足許に微かなる風覚えつつ自転車を漕ぐ川沿い道を

大型の連休なれど日にちを吾は働くストアーイズミに

二日目の出社を終えて戻り来し嫁のリュックに付き来る桜

お猿の子ジョージのお話し聞きいしがいつしか眠りに入りたるらしも

二十代なかばを過ぎて逝きし娘《こ》に六花亭の菓子今日は買い来つ

莎草

かぎりとて今宵ひと夜を黄の花の待宵草が草むらに咲く

外灯に照らし出されて莎草《かやつりぐさ》影のうごけり舗道の上に

梅雨の昼訪ね来たりし庭前に岡虎の尾の花ふさのしろ

ぬばたまの黒髪に今日は染めあげてまされる老いの憂さをなぐさむ

田万川町道の駅にて

ジャスミンの鉢植並ぶ花舗の前しろたえの白匂う六月

先立ちて喰う蛞蝓《なめくじ》にわが庭の苺の味の加減を問えり

わが耳になじみたる声ひびくなし百合のしろたえ供うる墓に

ひと世にはふたたび会わぬ娘《むすめ》にて過ぎさりし日々はろけし今は

まぼろしに娘《こ》のおもざしの浮かび来る雨ほそく降るあじさいのしろ

無花果の実

打ち水を終えし庭面に風立ちて南部鉄風鈴冴えざえと鳴る

朝顔の繁る葉蔭ゆ熊ん蜂ひとつ飛びたつ傍へゆくとき

葉の擦るるかそけきひびき折りふしに耳にし届く昼臥しの床

嫁は手にえのころ草のひと茎を掲げて勤めより戻り来る

初《うい》なりの無花果《いちじく》の実を再入院明日に控うる夫に捥ぎ来

おさな子の吹きて生まるるシャボン玉今し飛び立つ七色乗せて

雪舟廟　　二〇一五年

夕光の芒の穂波おもかげに見えたる娘《むすめ》ふと消え失せぬ

思いつめて吾に問い来て溜息をつきし日ありきコスモスの咲く

殻固くその身縮むる宍道湖《しんじ》の蜆もついに人に喰わるる

すとあーの夜の作業をする室《へや》に蟋蟀閻魔法王の鳴く

両眼に青海原を滲ませて鰯は素っ首刎ねられている

餌を遣るたびに息吹き脅しくる納屋の野良猫色艶よろし

雪舟の墓訪れる

つのさわう石舟山地雪舟廟誰《た》が手向けしやあきしくの花

冠《こうふり》を頭にのせて草むらは南無阿弥陀仏摩訶曼珠沙華

梅花

風すさぶ金毘羅神社の境内にプラタナス枯葉走りゆく見ゆ

あらがいしわれにてあれば午過《ひる》ぎて父の墓石の前にぬかづく

貰い来し大根は葉もつかわむと細かく刻みて冬の日に干す

えにしみじかき穉子《おさな》なりき湯舟にはゾウの如雨露のひとつが残る

総選挙の告示のビラを自転車に載せて夫と配りて回る

手拭《てぬぐい》を顔の面《おもて》に巻き付けて母は転倒せしとぞ告ぐる

この秋は米寿迎うる母にして米をとぐ背《せな》小さく見ゆる

琅玕忌

しろたえの梅花《ばいか》明るむ二月尽石田比呂志に清酒を供う

二十四日は正忌にあれば冊子「牙」八年間分読み耽けにけり

冬のひと日

臘梅の枝に黄金《こがね》のうすごろも透かして朝のひかりの届く

野良猫のいつの程にか家うちに住み付きて顔見上げて寄り来

かにかくに言《げん》のいきさつ思いつつ冬のひと日を籠りて過ごす

わずらいをもてるこころに庭垣の枯るる蔓茎切り払いゆく

穉子《おさな》と笑いたわむれたる日々よビデオ画像を今宵も見つつ

ひとたびは棄てし『贅沢貧乏』をまた買い戻し本棚に置く

今し飛ぶ鳥の白羽《はね》しろたえの艶をまぶしむ仰ぎて立てば

深見草

露草のよべ降る雨に打たれつつ移ろうままに紫におう

台風の過《よぎ》りて雨の上るころ「乙女の祈り」弾くピアノ聞く

羊栖菜《ひじき》をば戻して炊いて豆を煮て金平牛蒡は夫が刻む

三隅町、松本の叔母来《きた》る

大根と手作り蒟蒻《こんにゃく》と箱に詰め八十二歳の叔母来たりけり

美乃里、芽紅実に会いに緑ヶ丘保育園に

格子戸より覗く穉の顔ふたつ保育園を出る吾を見送る

母の日に

においたるラベンダーの鉢むらさきを置いてくれたり手紙あらねど

なにがしの用はあらねど街に出で用あるごとき顔してあゆむ

その位置に然《しか》と咲きたる深見草葉むれの上のうす紅のはな

卯の花

からす麦の枯れ穂散りぼう舗装路のおもてを窓の明りが照らす

藤井和子画（小学一年生）

隣り家の窓のしたなる木の椅子に白猫坐り降る雨を見る

掲げたる額の裏より歳月《とし》を隔てて娘《むすめ》の描きし絵の出づ

わが夫が猫を連れつつむらさきのアガパンサスの咲く道をゆく

吉田佳菜さんを悼む

亡き人の詠草を読む今月の冊子「八雁」に黒枠の歌

調停に出で行く息子の背を送るあじさいの藍闌けたる庭に

しろたえの卯の花におう階《きざはし》の人丸神社仰ぎて昇る

野紺菊

群がりて飛ぶ蜻蛉の羽《はね》の色まぶしみ仰ぐ川辺の道に

プチトマト日にけに熟るる畑より竹笊に盛り夫の摘み来

長《おさ》の子のピアノ弾く音《ね》の聞こえ来る紫薇花《さるすべり》のしろ庭に咲きつつ

秋海棠の花掲げおりわが裡《うら》のあらがうこころ治まらずけり

明日つかう野菜加工をなし終えて戻りゆく夜を吹く風は秋

石田比呂志書きし「座右の銘」をまた読みて仕事の鞄に収む

野紺菊群るるむらさき丘の上《へ》の娘《むすめ》の墓まで野の道をゆく

跋

藤井順子さんの歌の特色をひとくちで言うのはむずかしい。どこにでもありそうな平凡な日常をうたうが、そっけないと思われるまでに感情の振幅が少ない。甘やかなところは少しもない。かといって、厳しくも冷たくも辛くもない。対象をやや遠くから見つつ、抱き取りもしないが突き放しもしない。そんな、対象に距離をとることのできるまなざしが、独特のしらべをつたえてくる。

両の手に夫は猫を抱きしめて若き父親の如き顔せり
枕辺に夫は縁《えにし》の薄き母使い残せしラジオを置けり

「猫を抱きしめて若き父親の如き顔」をする夫、縁うすいその母の使い残しのラジオを枕もとに置く夫。いずれも夫を対象化する突き放しの力がはたらいているが、同時にそういう存在のあり方を一人の人間としてあわれと見る情が底に流れている。

パーマ屋に忘れし眼鏡何事もあらぬ顔して茶箪笥の上

肩パッド入るローンの済まぬ服着て久々のクラス会に来《く》

大根の種を買い来て手の平に握りしむれば手に温かし

幸せのカード失くして乱雑なバッグの中を掻きまわしいる

日雇いの僅かな金を握りしめ漕ぐ漕げ自転車春風受けて

こんなユーモアをもった自己戯画化の歌も、対象に距離をとることのできるまなざしから生まれる。少しもむずかしくなく、面白く、人々の共感を呼びそうな歌である。

だが、耳に聞こえてくるしらべを聴けば、意外にその晦渋であることに気づくであろう。何ともいいようのないものが底に流れている。「漕ぐ漕げ自転車春風受けて」と、愉快な、弾むような響きを元来もつはずの語の連なりが、あたかも低い呟きのように聞こえてくる。「手の平に握りしむれば手に温かし」、「温かし」とは言うけれどその裏に放心した虚しさのようなものがかすかに流れている。

遺影の娘《こ》の笑顔に向きて今朝もまた小声に叱言《こごと》言いつつ立てり
月々の命日来れば花を替え水替えてやる出来悪しき娘《こ》に
ぬばたまの黒髪一筋残りおり今は亡き娘《こ》の机の中に
わが娘の遺影つくづく眺むれば器量は吾より少し悪ろしも
わが娘好みし鈴蘭庭に群れ自決を選ぶこころの哀し
むつまじく娘《むすめ》と歩み来る人に擦れ違うとき面《おもて》を逸らす

藤井さんの一見たんたんとした日常の歌の集積に濃いしたたりを落としているのが、第二部「白き布」一連にうたわれた長女の死である。その歌が常凡ではない。死んだ娘の遺影に「今朝もまた小声に叱言《こごと》を言うとうたい、月命日に花を替え水を替えてやる、「出来悪しき娘《こ》に」とうたい、遺影をつくづくと眺めてみると「器量は吾より少し悪ろしも」とうたう。世間通俗情から見れば、これが子を亡くした母の歌かと、唖然とするようなフレーズであろう。藤井さんはそれを格別偽悪的にもならず、何の力みもはばかりもなく、洩らす。

愛するものを死なせた者は、そうでなくとも後悔に身をさいなまれるものである。ましてやそれがおのれの子どもで、自死されたのでは、苦しみはいかばかりか。しかし、その苦しみ悲しみは藤井さんの歌にはおもてだたない。それが藤井さんなのだ。「白き布」一連は、感情が凍結したような歌だった。三年が過ぎ、四年が過ぎして、厚い氷が徐々にゆるんでゆくように、亡き娘の歌が一滴、二滴としたたり落ちる。その低い呟きのようなしたたりを詠み重ねながら、ふかく抑えられたものがいつしかこちらの胸に響いてくる。そして、ふいに眼の潤むのを覚える。

あるとき藤井さんの歌が、いかにも楽しげな表情を見せたときがあった。初孫娘の歌である。

両の手を打ちて足上げ踊りいる二歳この子とほどけて遊ぶ
アンパンマンになりて風呂敷結びたるわれ跳びあがる稚子《おさな》の前
爺と婆お猿の駕籠屋唄いつつ竹籠担ぐ稚子《おさな》のせて

ここでは自らの姿をきっちりと対象化しつつ、無邪気きわまるたのしさにいるおのれをとりだしている。この満ち足りたたのしさは、亡き娘との過去の時間がよみがえったかのように錯覚されるところから来るのかもしれなかった。

＊

藤井さんは、下松でひらかれる切戸川歌会に、益田から三時間も列車を乗り継ぎ、のちには夫の運転する自動車でやってきて、石田比呂志に教えを乞うた。

そうしないではいられない何かが、藤井さんの身に巣食っていた。それが、藤井さんに短歌という形式を見つけさせ、作らせつづけたのだろう。

この一冊の歌集には、二十九歳をもって自から死を選んだ娘和子さんの鎮魂の思いがこめられている。サティを弾き、ラフマニノフを弾いて、芸術的な才能もゆたかであったかに思われる若い魂の苦悩のしずまらんことを。

二〇一六年三月八日

阿木津　英

あとがき

短歌と出会ってから、振りかえって見ますと既に二十五年余りが経ち歳月の経つはやさに驚くばかりです。私はいつも短歌にすがり短歌に救われて来ました。

三人の子育てに少し手が離れた頃、世の中からひとり取り残されているように覚え始め、婦人雑誌や新聞の読者欄に載っている短歌に目を通すようになりました。日常の何気ない出来事や、喜び悩みを詠う短歌を身近に感じ、次第に魅了されていきました。

平成十二年四月、一枚の葉書が届きました。「牙」の会員の女性の方で歌会の案内状でした。下松市の「切戸川歌会」は中国山脈を縦走して車で二時間余りの街です。初めての歌会で緊張している私に師石田比呂志氏は「まあ、八十歳過ぎの人かと思っていたらまだ若いんだね」と、ユーモアを混じえて気さくに声を掛けて下さいました。

悲しみの器である短歌に大きく救われたのは、二十九歳の娘を失った時です。師石田比呂志氏は「喪中でも歌会は欠席してはいかん。ひとりで泣くのは自由だが、人前で涙を見せてはいかん」と語気強く言われ、悲しみに打ち拉がれている私は、ハッと吾に戻りました。在りし日の娘のおもかげを一首一首と詠み継ぐことで、荒んだ心にやわらかな風が吹き始めました。

二〇〇五年より「牙」で石田比呂志氏に選歌をして頂き、二〇一二年からは「八雁」で阿木津英氏に御指導を賜わっております。厚く御礼を申し上げます。

この歌集は、一九九一年から二〇一五年までのものから五一〇余首を年代ごとに編みました。第一部初期作品、第二部は「牙」、第三部は「八雁」に掲載した作品です。

長年暖かく御指導下さいました石田比呂志氏、本当に有難うございます。

また歌集をまとめるにあたり阿木津英氏には、御多忙中にもかかわらず、多大なるお力添えを頂きましたこと、ここに御礼を述べます。

この出版をお引き受け下さいました現代短歌社の道具武志様、有難うございます。そして元「牙」の皆様、「八雁」の皆様、「切戸川歌会」の皆様に御礼を申し上げます。

散歩の途次に会う野紺菊のように、読んで下さった方のお心に一首でも留まればしあわせです。

二〇一六年三月三十日

藤井順子

略歴

1949年　益田市に生れる
2005年　牙入会
2012年　八雁創刊時より参加
　　　　現在に至る

歌集 野紺菊

平成28年5月20日　発行

著者　藤井順子
〒698-0041 島根県益田市高津5-17-12
発行人　道具武志
印刷　㈱キャップス
発行所　**現代短歌社**

〒113-0033 東京都文京区本郷1-35-26
振替口座　00160-5-290969
電　話　03（5804）7100

定価2500円（本体2315円＋税）
ISBN978-4-86534-158-4 C0092 ¥2315E